Les mots préférés de Bertrand.

Norman Bridwell

Texte français de Lucie Duchesne

Scholastic Canada Ltd.,
123, Newkirk Road, Richmond Hill (Ontario) Canada

Dédié à Nadia Miret
— N.M.

Données de catalogage avant publication (Canada)
Bridwell, Norman

Les mots préférés de Bertrand

(Bertrand, le gros chien rouge)
Traduction de : Clifford's word book.
ISBN 0-590-74326-0

I. Titre. II. Collection : Bridwell, Norman.
Bertrand, le gros chien rouge.

PZ23. B7Mo 1992   j813'.54   C92-094358-6

ISBN 0-590-74326-0

Titre original : Clifford's Word Book

Édition publiée par Scholastic Canada Ltd., 123, Newkirk Road, Richmond Hill (Ontario) L4C 3G5.

432   Imprimé aux États-Unis   5/9

le ciel

un arbre

une maison

un chien

la pelouse

une fille

Bonjour! Je m'appelle Émilie
et voici Bertrand, mon gros chien rouge.

un tableau

une plante

un crochet

Bertrand est trop gros pour entrer dans ma chambre, mais il peut quand même me tenir compagnie.

un réveille-matin

un lit

un livre

une commode

un oreiller

une couverture

des pantoufles

un cintre

un tapis

une radio

un rideau

un miroir

un interrupteur

un abat-jour

une lampe

un verre

une brosse

un appui de fenêtre

un tiroir

une table de nuit

un ours en peluche

des chaussettes

un gant de baseball

une balle de baseball

Comme tous les chiens, Bertrand a un jouet préféré.

un cerf-volant

un ballon de football

un planeur

un yo-yo

une corde à saute

un cheval à bascule

une voiturette

un train électrique

une petite aut

Quel est ton jouet préféré?

un ballon de soccer

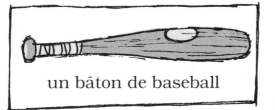
un bâton de baseball

un singe en peluche

un dinosaure

des craies de cire

une raquette de tennis

un casse-tête

une maison de poupée

un landau de poupée

une dînette de poupée

une balle de baseball

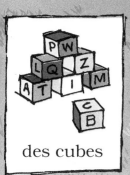
des cubes

une toupie

un hochet

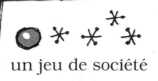
un jeu de société

une poupée

un drapeau

un lampadaire

COIFFEUR

49

des bananes

des melons
d'eau

des ananas

un banc

une bouche
d'incendie

Et il aime se promener.
Voici la rue principale de notre ville.

FRUITS ET LÉGUMES

QUINCAILLERIE

VÊTEMENTS

des jeans

un chemisier

une robe

des shorts

des chaussettes

des chaussures

une scie

une pelle

un râteau

des pinces

de la peinture

un marteau

une perceuse

13

une corbeille à papier

des raisins

des céleris

des oranges

des feux de circulation

une boîte aux lettres

un trottoir

une bouche d'égout

une lettre

Tout le monde connaît Bertrand.
Et tout le monde l'aime.

un policier

une infirmière

une docteure

un facteur

un astronaute

un vétérinaire

un garçon de tabl

une photographe

un magicien

un joueur de baseball

une menuisière

un cuisinier

un fermier

un bouffon

un pompier

un mécanicien

un musicien

une jockey

un pêcheur

un alphabet

une horloge

un chapeau

un tableau

ABCDEFGHIJKLMNOPQRSTUVWXYZ

$$3 \times 3 = 9$$

une carte géographique

$$\begin{array}{r} 2 \\ +4 \\ \hline 6 \end{array}$$

une bibliothèque

une plume

une brosse à tableau

une craie

un globe terrestre

un livre

des ciseaux

une corbeille à papier

un bureau

des bottes

un manteau

Bertrand m'attend pendant que je suis à l'école. Je peux l'apercevoir par la fenêtre.

un babillard

une affiche

J'ADORE LIRE!

un aquarium

une brigadière scolaire

un calendrier

ne boîte à lunch

un foulard

une chaise

un sac à dos

une règle

un train

un camion

un unicycle

un remorqueur

un avion

une automobile

une jeep

un hélicoptère

une montgolfière

une voiture de course

un voilier

Bertrand adore tout ce qui bouge. Je lui ai bien dit de ne pas courir après les voitures, mais, parfois, il oublie!

une motocyclette

un canot

un panier de basket-ball

un vendeur de crème glacée

une vasque

un ballon de basket-ball

un coureur

une planche à roulettes

une échasse sauteuse

L'après-midi, nous allons au terrain de jeu.
Bertrand s'y amuse comme un fou!

des balançoires

une cage
à grimper

une fontaine

une table de pique-nique

une glissoire

un carré de sable

une bascule

une guitare

une trompette

un xylophone

un tambourin

un archet

un violon

un triangle

un piano

un saxophone

Bertrand aime la musique.
Il chante très bien.

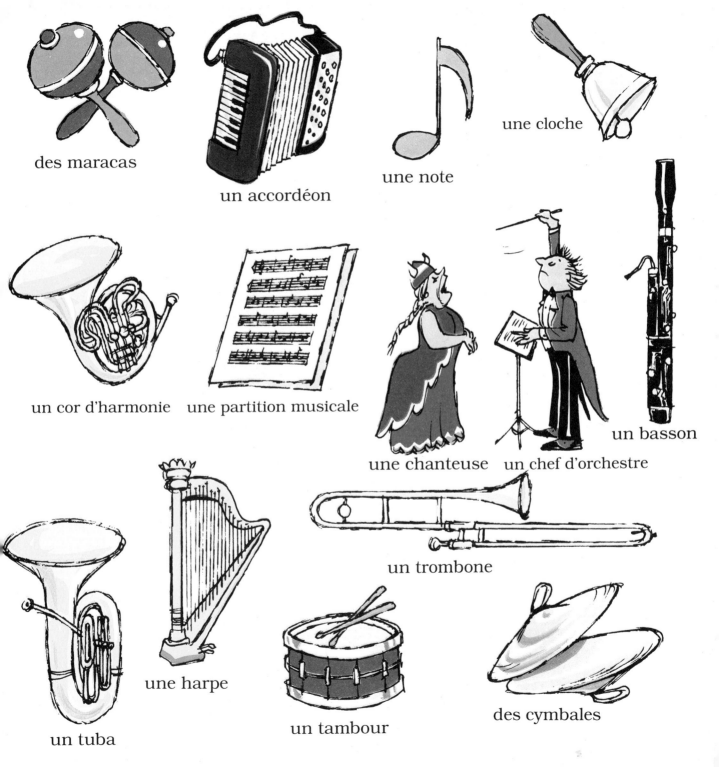

des maracas

un accordéon

une note

une cloche

un cor d'harmonie

une partition musicale

une chanteuse

un chef d'orchestre

un basson

un tuba

une harpe

un trombone

un tambour

des cymbales

des pommiers

un champ

un épouvantail

des moutons

des tournesols

une corde à linge

une maison de ferme

une pompe

un panier

une brouette

une vasque

des poulets

une galerie

La soeur de Bertrand habite à la campagne,
dans une ferme. Bertrand va souvent la voir.

un silo

une meule de foin

une fourche

des vaches

une grange

un coq

un cheval

une étable

un tracteur

des cochons

une clôture

un iglou

une ruche

une hutte de chaume

un nid

un tipi

une caravane

une niche

un château

une tente

une maison

La maison de Bertrand
est une niche.
Nous l'avons construite
exprès pour lui.

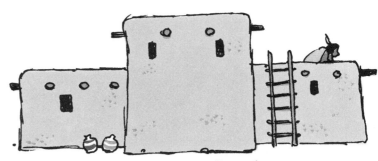

une maison d'argile

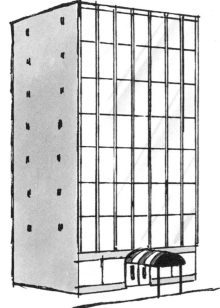

un immeuble d'habitation

une cabane en rondins

une caverne

un trapèze

Un jour, un cirque s'est installé en ville
Bertrand a participé au spectacle.

un cerceau

une tarte

un maître de piste

un tigre

une jongleuse

des chiens

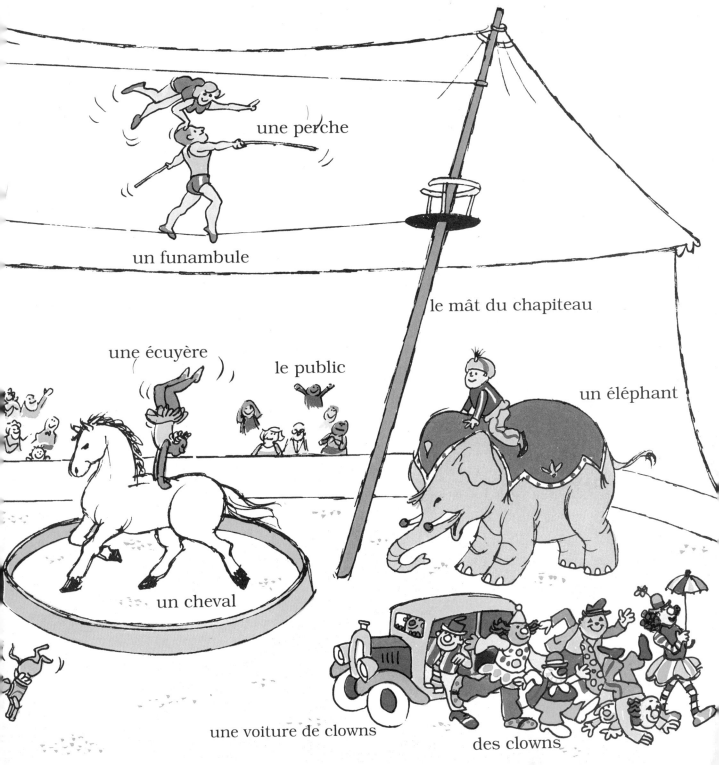

une perche

un funambule

le mât du chapiteau

une écuyère

le public

un éléphant

un cheval

une voiture de clowns

des clowns

une otarie

une tortue

un chameau

un éléphant

un kangourou

Bertrand est très grand. Il est même plus gros qu'un éléphant!

un rhinocéros

un pingouin

une pieuvre

un gorille

un panda

un cerf

L'été, nous allons à la plage.
Bertrand nage en chien.

un parasol

un phare

un ballon

un chien

une planche
de surf

une serviette

une chaise
longue

un sac
de plage

un chapeau de plage

des lunettes de soleil

un panier de
pique-nique

un sandwich

un goéland

une couverture

le soleil

un hydravion

un canot
pneumatique

l'océan

des algues

un homard

des bécasseaux

un crabe

une pelle

un château de sable

des étoiles de mer

du sable

BLANC

un bonhomme
de neige

une colombe

une chemise

NOIR

des fourmis

une chauve-souris

un noeud papillon

ROUGE

Bertrand

une pomme

un coeur

ORANGE

une citrouille

des carottes

des oranges

JAUNE

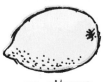

un citron

une jonquille

du fromage

Ma couleur préférée est le rouge.
Bertrand aime cette couleur, lui aussi!

VERT

une feuille

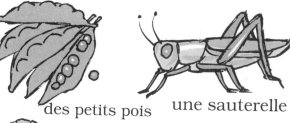
des petits pois

une sauterelle

BLEU

des bleuets

un ruban

une casquette

VIOLET

des violettes

des prunes

des crocus

GRIS

une souris

une pierre

un pantalon

ROSE

un petit gâteau

une rose

de la crème glacée à la fraise

BRUN

des glands

une pomme de pin

un sac de papier

À l'anniversaire de Bertrand, toute la famille et ses amis le fêtent. On t'aime, Bertrand!

BON ANNIVERSAIRE, BERTRAND!

une banderole

un chapeau de fête

un mirliton

une assiette

des bougies

un bol

des tasses

un gâteau

de la crème glacée

une cuillère à crème glacée

des cadeaux

une nappe

un ballon

un os

une table

une chaise